左右社

塗中録

浅沼璞

老い、追い、おいと俺が負わされていく。老いていく俺、追われる俺、負いきれない俺。

〈人はまたたくまに年をとるものだ、しかもとり返しのつかないかたちで〉*という一節、ずっと以前に読んだ翻訳小説の一節が、何度となくよみがえってくる。歳をとる以前の俺にとって、この一節は予言のような響きをもっていたのだろう。記憶の襞にこびりついていなければ、そんな一節が剝がれ落ちてくることもなかったはずだ。思えば、それが剝がれ落ちてきたのは、病院の車いすで運ばれているときだった。

ある朝、いつもどおりSストアの前を歩いていると、左足の脹ら脛がひきつった。電信柱が傾いたような気がした。脹ら脛は日に日に腫れあがり、鉛のように重くなった。駅の階段の手摺がなぜあるのか、思い知らされた。

たえられなくなって総合病院へいくと、なぜか心臓血管外科へ入院することになった。脹ら脛の静脈に血のかたまりができ、つまったらしい。そのかたまりが剝がれると肺や心臓を害し、死にいたる場合もあるという。

手術をするわけにもいかないらしく、血のかたまりを溶かす点滴を打つだけの、単調な入院生活がはじまった。トイレにしろ検査にしろ、移動するときは車いすで、キャスター付きの点滴スタンドごと押されていった。

看護師が車いすをあやつるスピードはすさまじく、せまい入院病棟をぬっていく。点滅する医療機器や置きっぱなしの簡易ベッド、ゆっくりよぎる猫背の患者、小走りの掃除婦などを数センチでかわす。風景が後方へながれ、風がおきて頬をかすめる。と、前方からおなじ高さの車いすが突進してくる。ぶつかっても不思議ではない距離感ですれちがう。そのとき、あの翻訳小説の一節が記憶の襞から剥がれたのだ。そして車いすをしのぐスピードで全身をめぐり、俺の脳みそにとどまった。

この十年、いくつかの病気を併発し、何回か入院した。飲まなければいけない薬や、食べてはいけない食品、定期的に受けなければならない検査がふえていく。どれも老い、追われ、負わされつつ、負った結果だろう。

それでもまだ、希望が、俳句が、わいてくるのだから、不思議だ。〈とり返しのつかないかたち〉を句集にする手だって残っている。あの電信柱は、まだ傾いたままだが、倒れてはいない。

＊『夜の果てへの旅』セリーヌ／生田耕作訳（中公文庫、二〇〇三年）

あら玉の汗とゞろかす大太鼓

大気から肌へ臓腑へ苔の花

夏つばめ息とめて胸ひらくなり
ひでり星金網に四肢かけしまゝ

背面のスクリューで浮く五月闇

ゆつくりと蛇口漏れゆく夏の海

車椅子とは頬をきる汗をほす
ムーミンの看護の手なり蒲の花

豆飯の豆よけてゐる後で食べる

相部屋は人々の音明易き

見たこともない木ですから菊挿して
桔梗だなと思つて止まるまた歩く

霧の奥カバン開ければ霧の中

鱗なす秋水耳の奥にまで

秋高し抗凝血薬忘る

木の実落つ帽子に落つるたびに嗚呼

もう冬か飛行機雲の下に月

みな城へ無言で向かふ小春かな

しぐれける自販機は箱落としける
重ねぐ忝《かたじけな》しと春の雪

半仙戯ゆつくり脚も手も陰《ほと》も
俗情が耳にかゝりて春の髪

花屑の屑を極めし轍かな

学歴もはらわたもなき鯉幟

緑さす画布には画布の純潔を

饒舌やさゝくれも残暑もめくれ

星月夜フランスパンを垂直に
四阿の先客の名はレイジンサウ

笑窪だけ歳をとらずに九月尽
海原に生まれ野分として吹ける

寒卵われはわれとて充実す

きよしこの夜の浴槽たゝきける

風葬の記憶うつすら雪女

手枕の痺れはいまも春の雷

仮縫ひの針魚の糸の目に残り

烏賊のごと目尻目頭水ぬるむ

めでたさを吊し上げたる雛かな

春雨の露天に鼻の下まで湯

地に足らぬ枝垂れ桜の地に触るゝ
たはら麦全身かゆくなる家系

冷房車みな何かしらなぞりをる

敗戦忌かそけき箸の音ばかり

掃除機を窒息させむ白きシャツ

長梅雨や立ちながら頬杖をつく

舌打ちもでて鎌倉の大暑かな

襟足も声も岬も日焼けせる

竹夫人すこし年上かもしれぬ

髪すこし短くあやめややや硬く

俳句とともに、連句ともながく付き合ってきた。五七五だけでなく、七七を一句として連ねていく、その韻律に魅了される人は多い。だから、だろう、七七定型を独立詩形とする試みが昔から絶えないようだ。自分も「只管短句症候群《オンリーたんくシンドローム》」と銘うち、熱をあげたことがある。

食パンの耳すます姉上
ほらみたことか歯の茎の愛
股間はすでに雪月花です
お祭りだから起きてゐられる
紅《こう》梅《ばい》億《おく》倍《ばい》迷《まひ》子《ごの》平《ま》成《つせ》
臀《おしり》部《の》刺《さし》身《み》小《を》櫛《ぐしの》蛇《じや》口《ぐち》
泡《あわ》場《の》初《はつ》買《がひ》薊《あざみの》色《いろ》鱗《くづ》
霞の舟で挫折もいゝか
めつ、と言ふまに水になる猫
焼き払ひたき青空だつた
母の日傘が見おろしてゐた

これらは合同句集*などに発表したが、それきりになってしまった。もうあの頃の情熱はよみがえらないだろうが、〈母の日傘が見おろしてゐた〉光景はときどき思いだす。

小学生のころ、母に無理を言って釣りにつれていってもらった。妹も一緒だった。かなりの道のりを三人で歩いた。やっと川につくと、前に父と来たときより濁っていて水量も増していた。大雨のあとだった。あたりに人影はなく、ちょっと不安になった。

母と妹は土手に腰をおろし、おにぎりを食べはじめた。僕は土手をかけおり、すぐに釣糸をたらした。浮子はとどまることなく、川下へ流れた。以前のように小魚が釣れる感じではなかった。

また不安になってふり返ると、日傘をさした母が手をふった。母に謝りたい気持ちがおこった。と、風が一瞬強くなり、妹の手からビニール袋がとんだ。袋は川におち、そのまま流れていった。僕は竿をもったまま土手をかけあがり、「もう帰ろう」と言った。母はにこやかに「気がすんだ」と問いかけた。妹は不機嫌そうだった。

その晩、父が帰宅しても、母は釣りのことをしゃべらなかった。妹もしゃべらなかった。

僕は釣りをしたいと思わなくなった。

*『21世紀俳句ガイダンス』現代俳句協会青年部編（現代俳句協会、一九九七年）

この脛はかつての父の冬の脛
また母が降つてきたのか細雪

島の子の我も数なりくさや裂く
魚ならここで手をあげたりしない

さみだれといふ部首さがす最上川

ペンギンの尿《しと》白うして更衣

まだ残る花火のふりをして残る
月光で味のうせたるガムを噛み

水草のたなびく皺の水のばす
ななかまど七日の旅もまだ半ば

枯葉踏みにじり寄りたき弥勒さま

寒紅の半開きなる水鏡

みな同じ性をゆらして初湯かな

かすみ目にロート霞にはライト

花吹雪奥の隅まで鼻毛かな

春雨の空き地に傾ぐ洗濯機

バナナ剝くジャングルジムに垂らすため
なで肩の男もすなるサングラス

札付きの風鈴としてならしけり

アカシアにキリンの舌のやさしかれ

このあたり不法住居と緑さす

五月雨の廃墟に乾く乳母車

滝だけが動く紅葉となりにけり

力瘤あつてもなくても更衣

頬杖の杖外されし梅雨入かな

燃えるゴミ炎ゆる河口を水母なす

さかしまに水母流るる良夜なり

天高しまづは恥骨を捧げをり

轢き逃げのバックミラーに曼珠沙華
月の火の金木犀は水に散り

姉死んで木犀の香を水平に

深爪をうべなひにけり後の月

外灯が机を照らす寒さかな

踝の深さの冬の川恐ろし

傘浅く差しかけてくる雪女

暁の反吐は拙者か寒鴉

春雨や屁負ひ比丘尼が膝頭

垢染みた手へ雛あられ夜鷹なれ

脇息に開く春雨物語

鉄塔の下を全身さみだるゝ

スプーンをえらぶ片ゑくぼの氷菓
緑さすポニーテールの輪ゴムかな

寝返りのSの字蛇とふれてゐる

雑草の蛇をすすつてゐるところ

この男ゴミ箱生まれにて万緑
昼寝覚あの世の嘘を裏声で

霧雨の霧を嗅ぎ分け来よ鬼よ
霧雨の女さがしに行つたきり

連句のように、俺の人生にも恋の座がいくつかあった。短距離恋愛はもちろん、遠距離恋愛もあったが、つよく心にとどまっているのは中距離恋愛である。

電車を二時間ほど乗りつぎ、海沿いの観光地で落ちあった。彼女も反対側から二時間。そこが中間地点だった。

いつも俺は、その笑窪を見ながら話した。しゃべれば笑窪は動くが、しゃべらなくてもそれには深浅がある。機嫌のよいときは深く、そうでないときは浅かった。

俺には笑窪がない。彼女は俺の機嫌を、どこで感じとっていたのか、いなかったのか。

ある日、海を見おろす公園のベンチで、俺の腕時計が止まった。月齢表示のある古いタイプだった。「電池は替えたばかりだから、もう寿命だな」、そういうと、「じゃあ、ちょうだい」と彼女が片手をさしだした。

「時計は止まっても、時間は止まらない」、ほそい腕に時計をかけながら、浅く笑窪がうごいた。海は荒れぎみだった。俺はあしたの仕事のことを考えながら、気のない返事をした。生け垣が淡い夕日をうけ、すこし光っていた。

しばらくして彼女からの連絡がとぎれがちになり、しまいには音信不通になった。


二年ほどしてからのことだ。携帯電話のメールアドレスを変える必要が生じた。それを伝える一斉メールの宛先に彼女もくわえた。行きつけの店でハイボールを飲みながら、送った。

意外にもすぐに彼女から返信がきた。もう何もかも嫌になったとかで、とくに自分が歳をとっていくのが許せない、という。俺もおなじだよ、とメールした。

飲みおわってレジの前に立つと、足もとに何か落ちた。それは窓からの夕日をうけ、すこし光っていた。例の腕時計の「代わり」として彼女からもらったものだった。月齢表示のない新しいタイプだったが、いつのまにかベルトが緩くなっていた。

けっきょく返信はなかった。

遠くなった君を、近くから描く。やや癖毛のポニーテール、色白の細身、やわらかな手、高低のない声、深浅のある笑窪。

笑窪だけは歳をとらない。

引く波の満ちてゼリーの深呼吸

海原やあまた波頭の鉋屑

暖かしこれなら外で君を待てる

遠花火こんな俺にも誰かゐた

ぼくは月きつと彼女はアルバイト

白露や篠竹たわむ付け睫毛

冬どなり革靴が痛くてあるく
胸焼けのソファーに沈む昼の虫

霧流れきて流れこむ低き声
片腕をくんで夜霧の姉妹都市

霧ぶすま並べ枕の音させて
さつきまで橋があつたといふ濃霧

船頭の霧と紛るゝ筆づかひ

朝霧を翼隠して泳ぎこよ

荒野から凩とゞく体温計

カネつきて勤労感謝の金曜日

小春日の地下を一歩も出ずにゐる

小春まだ元気かと腕にとまるよ

人生をやりなほす竹馬の竹

鳥居ずれつゝ重なりぬ初茜

また何かはき違へたる雑煮かな

初夢は尾根すれすれを行き交ひぬ

丘にゐる海星の脈拍など思ひ
学問をする気はなくて囀れる

石拝む三度も拝む風ひかる

ゆく春の英文墓のうらに廻る

冷房車すけて人らの運ばるゝ
横顔がスプーンをなめる西日かな

片蔭へ入るバスにゐる大人たち

一面に墓古びたり夏あざみ

せゝらぎのどこまでつゞく初蛍

夏服で抱き合つてゐる崖つ縁

笹色の紅で裸足でかすれ声

拳骨をくるくるさせて蔦の道

ノブのない扉の奥の良夜かな

十月の車内四角く光りをり

はきすてる運動靴と鯖雲と

靴紐のゆるみ〳〵て野分消ゆ

木犀の銀の香りは百匁
冬景色うまく謝れないうちに

聖夜また靴下の穴広げをり

手をあげて冬天にうらがへるなり

ゆつくりと空みせてゐる障子かな

伸びてゆく飛行機雲に布団干す

手も足もでない夜空の布団です

初むかし水割りの底うすくなる

石段をばら〳〵にゆく初茜

大旦ゆつくりと鳥居がふえる

初夢のくはへられたる爪楊枝

羽子板に日のゆたかなる地平線

とほくから笑窪をゐがく初御空

初東雲祈りはいつも目尻から

ながいあいだフリーで教師の仕事をしてきた。フリーのティーチャーだからフリーチャーさ、などと自虐的に言う知人もいた。オファーがあればどこにでも出むく。たぶん江戸時代の俳諧師が宗匠として旅を重ねたのと似てる気がする。突拍子もないことを言うようだけれど、フリーチャーとは、だから旅人でもある。

多くの旅人は定住者に媚を売って生きている。ある種の定住者はその媚を買って生きている。どっちを選ぶのも自由だけれど、選ばされるという場合が多いように思う。いや、選ばされつつ、選ぶ、と言った方が正確かもしれない。

ところで俺の旅は、なぜか海沿いが多い。海沿いの学校になぜか縁がある。思えば父は離島の出身だった。地縁・血縁にも通じる何かがあるのだろうか。

とはいえ、島から都会に出てきた父は定住者として家族をやしなった。やしなわれた俺は、いま旅人として生きている。どちらも、選ばされつつ、選んだ結果だ。

定住者としての父は、平屋建ての持ち家に誇りをもっていた。深酒をしてタクシーで帰り、「ここがうちだからさ、ちょっと寄っていけよ」と運転手にからむ。そんな父の声を何度となく聞いた憶えがある。布団のなかの少年の脳裏には、運転手の困惑した顔がうかんだ。

大人になっても酒なんか飲まないぞ、とひそかに決意した。それはいまや跡形もないけれど、自慢げに我が家を指さす父の心は、酒を飲まなくてもわかるような気がする。

酒好きの父は長生きをしなかった。旅先で潮の香がすると、すぐ父のことを思いだす。荒波をクロールで泳いでいく背中、長い釣竿でふんばる脛、くさやをむしる腕、波音にあわせてハーモニカを奏でる唇。すべて海とつながっている。

そういえば海に関する地名と出あうと、心やすらぐ。たとえば海《かい》光町《こうちょう》――どんな悪天候だって遠ざけてしまうほどの栄光がこめられているようで、自然と心がはれる。フリーチャーもわるくない、なんとなくそう思えてくる。

しばらくは目刺しばかりの交差点

横文字でよむ横須賀を横顔で

風ひかる海原とほき腕時計
受付のあたりを花の散りぬるを

白靴の脱げかけてゐる非常口

子どもの日アンネにはアンネの癖毛

たまに会ふ友達と会ふ南風

クーラーのきかざるにゐて動かざる

大夕焼みる〱部屋の沈みゆく

短夜の底黒々と醬油差し

父は子は汗擦りあふペダルかな

蟻として無心に運び運ぶのみ

髪いまも長きまゝなり欠き氷

避雷針一本きりの大暑かな

頬ずりをさるゝ寂しさ昼寝覚

水にうつる蛍と飛べる蛍かな

薬降るごとく硝子の降りけるか

革靴の革厚くして更衣

鼻ひとつ穴ふたつあり扇風機

胡蝶花の壁に一面飛びたゝず

マンホール動かしがたき五月闇

暴力は断固反対花火持つ

秋霖や駅見下ろして駅の中

濃霧など忘れてしまふほど喋る

わけもなく指ひらくなり鰯雲

履きなほす秋霖遠くあるうちに

弁当はさめたるがよし天高し

耳鳴りもちちあきなおみも冬隣

枯葉踏む喉のかはきは靴底に
つゞまやかなる鯛焼の目元かな

落葉搔く生き恥の音たてぬやう

雲ひとつなき絵空事あゝ小春

枯葉くらゐゆつくり味はつて行けよ

聖夜果て君遠ざけていく都会

こぞことし漬物石に頬よせて

枝ゆれて鈴ゆれてゐる初詣

繭玉のゆるゝ雑談ばかりなる

語られぬ象の親子の明の春

中年の途方に暮るゝ初景色

梅が香の背後より支へてをりぬ

つり人の泥に尾を曳く春暮れて
目刺し食ふ音見おろせる夜景かな

一《い》身《しん》田《でん》白《しろ》子《こ》若松蜃気楼

俺は津までお前も津まで花筏

俺はいま自分のことを「俺」といっているが、職業柄「私」という場合もある。教え子に対しては「先生」と自称することさえある。ただ「僕」を使うことはほとんどない。

二十代のある時期までは基本的に「僕」と言っていた。「僕」は優柔不断で、選ばされつつ、選ぶ、のではなく、ただ選ばされている日々だった。仕事も同様で、湿気た地下室の奥でボイラーを焚いたり、うす暗いダクトの隅で工具を使ったり、やや傾いだ電柱にヘルメットで上ったり、体力のない「僕」にはおよそ不向きなことばかりしていた。

当時つきあっていた彼女ともあまり話があわなかった。彼女は私鉄の、鈍行しかとまらない駅の近くに、モルタル塗りのアパートを借りていた。家具のすくない部屋で、畳の上には黒電話がじかに置いてあった。「僕」はときどきその部屋を訪ねた。だいぶ酔っぱらってプラットホームの公衆電話から、彼女の部屋へ電話したことがある。周囲の喧噪に紛れて発信音が聞こえてきた。

酔った頭で、ボタンを押しまちがえたかな、と思った瞬間、女性の声がきこえてきた。「いま、どこ」と問われる。これは彼女じゃないな、そう感じたのに「K駅だよ」と答えてしまう。すこし間をおいて「じゃ、待ってるね」と受話器がささやく。「僕」は酔いがさめていくのを意識した。

月齢表示のある腕時計はほぼ満月をさしていた。そのとおり月が、優しげに浮かんでいた。やがて下り電車がきたが、乗らなかった。踵をかえし、すこし離れた公衆電話の前にたつ。ボタンを押す、こんどは慎重に。くり返す発信音が真実を伝えてくる。後日、彼女はその晩アルバイトだったと知った。

いいかげんな「僕」に、月のような優しさをくれたのは、「彼女」ではない誰かだった。母の日傘を思いだした。無性にその人に会いたいと思ったけれど、もう一度プッシュボタンを押しまちがえてみるという、ささやかな冒険さえ、「僕」という青年は選ぶことができなかった。

「僕」はもう使いたくない、と俺は思った。

電柱を秋蟬とゐるヘルメット

残暑から森へ入るなり手を返す

ゆつくりと片袖とほす秋の水

炭酸の音すこやかに星飛びぬ

雲は秋の臓腑めくなり騒《ぞめ》くなり

眼薬を外せる秋の高さかな

金風の煮干しの塵を残しける
丘の上からひぐらしの線をひく

する〳〵と匙沈みゆく敗戦忌

秋の空絹ごしと木綿とありぬ

うろこ雲洗濯ばさみばかり鳴る

秋の水ゑがけばこの腕もながれ

昼の虫たぶんこのあたりは深い

満月を夢をせゝりを串の先

爪楊枝だらけの梨が一つ切れ

冬もみぢ背景にする冬紅葉

人の死と生まで冬紅葉とゞけ

ちりぐ〵のシーツの下の枯葉かな

帰り花ピザの薄きを手にしつゝ
出だしだけ枯葉にそつて口ずさむ

前向きな人の枯木にさしかゝり

ストーブをガラス戸越しの目玉かな

ない袖をふる成人の日の乗馬

鶏旦の爪切りひかる廊下かな

湯のうへを湯けむり消ゆる御慶かな

脳内でみんな太つてゐる小春

凍鶴の脚七本でうける風

てのひらの雪またすこし津波かな

窓外のゴジラの背に雪降りつむ
鍵穴に鍵あり花八手かげり

三日月と金星と炬燵にをりぬ

小春日の川のごときを聞いてをり

近景の心音となる冬かもめ

水仙がかたまる水平線の端

小春日の坂は手のひらへとつゞく

膨らみの後は締まりて風光る

春風の塩ふるやうな嘘に嘘
こゝまでの花見つくして湖に墓

暮れてなほ枝垂れ足らずに糸桜

水ぬるむ蛇口にピアス目にレンズ

春雨の地図に迷へるとき地震

靴底の花屑知らぬまゝ不倫

百千鳥ベンチも乾きつゝありぬ

行く春の奥の厠の紙の音

ゆつくりとたゞの小川へもどる春

たましひと田螺と指呼の間にあり

腕相撲してゐる影の腕うらゝ
押し波の引き波となりまた彼岸

すらくと手話でさはらを買うてきし
掌をかへすぐも夏の蝶

右手羽化させぱたくと団扇かな

扇風機空の記憶の首振りをり

また落ちる花火のふりをして落ちる

休日やターザンは朝から裸

蟻ありて我あり鳥も考へる

店頭へせり出してくる夏帽子

武蔵野にメンチカツあり日雷

翼ある声いき〳〵と木下闇

薄雪草愛でよ国境線越えよ

鮨と富士ならべてゐたり東海道

水ありて蛇身を横へ〱かな

ひとりづゝ違ふ裸であらはるゝ

夏場所を丸く使つてゐたるなり
お出かけの戻つてこない扇風機

背負はれてある日耳打ちした夕焼
年をとりすぎたね俺も初夏の君も

たなばたの竹ばたくと始まりぬ
これからの氷菓のことを話しあふ

ある日、釣りをしていた荘子のもとに楚王の臣下が訪ねてきた。仕官を求められた荘子は、竿を持ったまま振り返りもせず、こう問いかけた。

「かつて占いの道具として焼き殺され、いまは珍重されている亀の甲羅があると聞くが、その亀とて、泥中に尾を曳いて生きていた方がよかったのではないか」

臣下が賛意を告げると、荘子は言った。

「お引き取りを。私も泥中に尾を曳いていたいから」

『荘子』の「曳尾塗中《えいびとちゅう》」という故事である。

この亀卜《きぼく》のたとえ話は、楚王に対する荘子の秀逸な挨拶として読める。こんな見事な挨拶は、荘子だからこそ許される気もするが。

そういえば攝津幸彦に〈山桜見事な脇のさびしさよ〉という句がある。五七五の発句に七七の脇句を付けるのは挨拶だが、あまり見事な挨拶はさびしい、というような攝津流の諧謔であろうか。いや、さびしいのは見事な脇を付けられた発句の方だよ、と攝津さんなら言うかもしれない。
サラリーマンでありながら、どことなく泥に尾を曳く風情が攝津さんにはあった。

おなじ七七形式ではあるけれど、故人の発句に対する脇起しは、さきに記した「只管短句症候群《オンリーたんくシンドローム》」と真逆のイメージだ。「只管短句《オンリーたんく》症候群《シンドローム》」では挨拶性など意識しなかったが、脇起しではそうもいかない。

それと関係があるのかないのか、見当もつかないけれど、俳句ではできなかった震災詠が、脇起しでは自然とできた。いずれも三・一一以前の作品に対する挨拶だから、ためらいなくできたのだろうか。そんな挨拶でいいのだろうか。
などと、いま攝津さんに問いかけたなら、どんな返答をもらえるだろう。

あの髭を心に俳のしむ身かな　　璞

御田植や神と君との道の者
核を手挟む畔の薫風

西鶴
璞

よるの雨尻へぬけたる蛍哉
明りを走る姫鱒の背

西鶴
璞

御詠歌や紅葉のにしき神祭　西鶴

月のまに〱漏るゝ地下水　璞

暮れて行く時雨霜月師走かな　西鶴

航時機《タイムマシン》の窓に凩　璞

さまぐ〱の事おもひ出す桜かな
核もふれぬに揺るゝふらこゝ

芭蕉
璞

蛸壷やはかなき夢を夏の月
ゆるゝ浮橋わたる涼風

芭蕉
璞

文月や六日も常の夜には似ず　芭蕉

露をおきたるサラダ記念日　璞

何に此の師走の市にゆくからす　芭蕉

ビルの傾斜に学ぶ冬麗　璞

鳥雲に餌さし独りの行方かな　其角

柱を背負ふ旅の貝寄風　璞

驥の歩み二万句の蝿あふぎけり　其角

三千五百きりすての汗　璞

涼しさや鐘をはなるゝかねの声　蕪村

何かなぞりて学ぶ冷房　璞

老が恋わすれんとすればしぐれかな　蕪村

傘の柄漏れの肘を山茶花　璞

犬の子やかくれんぼする門の松
尻尾のふえて揺るゝ初夢

一茶
璞

武蔵野や鳥啼いて二日月細し
魚の泪の揺らぐ荻原

子規
璞

軽暖の日かげよし且つ日向よし　虚子

核のたまさか風香る肘　璞

朝顔や濁り初めたる市の空　久女

まなこも荒るゝ有明の光《かげ》　璞

亀甲の粒ぎつしりと黒葡萄
手足の生えて動きだす月

茅舎
璞

幾千代も散るは美し明日は三越
一億総中流を惜春

幸彦
璞

菊月夜君はライトを守りけり
かぼそく伸びる影の秋風

幸彦
璞

一句詠むごとに主体（みたいなもの）はどんどん変わっていく。一句一句ですらそうなのだから、句集を編むともなれば、かなり複雑な話になってくる。

これまで私が句集を編まなかったのは、版元や予算等の問題以前に、編集主体が立ちあがってこない、という根本的な難題があった。それを引き受けてくれたのが北野太一氏である。旧作から新作まで、発句体・平句体はもちろん、出来・不出来すら問わず、彼に丸投げした。

思えば前著『俳句・連句ＲＥＭＩＸ』（東京四季出版）のときもそうだったが、連句的に拡散しがちな私の主体を、今回もうまく編集してくれた。「僕」や「俺」に随筆（みたいなもの）を書かせたのも彼である。いわば連句の捌き手のような役割を担ってくれたのである。

表現における拡散と求心、それがこの本のテーマ（みたいなもの）であったと、いま月の下で思っている。

二〇一九年　仲秋　横浜・曳尾庵にて

浅沼　璞

目次

略歴

浅沼　璞　あさぬま　はく

一九五七年　東京都生まれ
一九八七年　「横浜戸塚駅」俳句会、参加
一九九一年　俳諧誌「水分《みくまり》」同人参加。眞鍋呉夫に師事
一九九五年　連句形式「オン座六句」を創案
一九九七年　連句誌「れぎおん」同人参加（十八号〜終刊号）
二〇一三年　俳誌「群青」同人参加（創刊号〜二十四号）
二〇一六年　日本詩歌句協会評論大賞受賞
二〇一八年　俳誌「無心」創刊、代表

著書

『可能性としての連句』『中層連句宣言』『「超」連句入門』『西鶴という方法』『西鶴という鬼才』『西鶴という俳人』『俳句・連句ＲＥＭＩＸ』

塗中録《とちゅうろく》

二〇一九年十一月三十日　第一刷発行

著者――浅沼璞
発行者――小柳学
発行所――株式会社左右社
東京都渋谷区渋谷二－七－六－五〇二
TEL　〇三－三四八六－六五八三
FAX　〇三－三四八六－六五八四
http://www.sayusha.com

企画構成――北野太一
写真――鴇田智哉
装幀――松田行正＋杉本聖士
印刷・製本――創栄図書印刷株式会社

ISBN978-4-86528-257-3